DISCURSO SOBRE A FELICIDADE

Madame du Châtelet

•

DISCURSO SOBRE A FELICIDADE

Prefácio de
Elisabeth Badinter

Tradução de
Marina Appenzeller

Martins Fontes
São Paulo 2002

Esta obra foi publicada originalmente em francês com o título
DISCOURS SUR LE BONHEUR por Éditions Payot & Rivages, Paris.

1ª edição
abril de 2002

Tradução
MARINA APPENZELLER

Revisão da tradução
Andréa Stahel M. da Silva
Revisão gráfica
Helena Guimarães Bittencourt
Sandra Garcia Cortes
Produção gráfica
Geraldo Alves
Paginação/Fotolitos
Studio 3 Desenvolvimento Editorial

Dados Internacionais de Catalogação na Publicação (CIP)
(Câmara Brasileira do Livro, SP, Brasil)

Du Châtelet, Gabrielle Emilie Le Tonnelier de Breteuil, Marquêsa, 1706-1749.

Discurso sobre a felicidade / Madame Du Châtelet ; prefácio de Elisabeth Badinter ; tradução de Marina Appenzeller. – São Paulo : Martins Fontes, 2002.

Título original: Discours sur le bonheur.
ISBN 85-336-1544-8

1. Felicidade 2. Literatura francesa.

02-2011 CDD-848

Índices para catálogo sistemático:
1. Felicidade : Reflexões : Literatura francesa 848

Rua Conselheiro Ramalho, 330/340 01325-000 São Paulo SP Brasil
Tel. (11) 3241.3677 Fax (11) 3105.6867
e-mail: info@martinsfontes.com.br http://www.martinsfontes.com.br

A Robert Mauzi, a quem a lembrança de
Madame du Châtelet tanto deve

Prefácio

Entre os cerca de cinqüenta tratados consagrados à felicidade durante o século XVIII[1], *o da marquesa du Châtelet (1706-1749) é decerto um dos mais interessantes para se reler hoje em dia. Vários motivos presidem a esse juízo. Em primeiro lugar, ao contrário dos homens que escreveram sobre o tema, ela soube distinguir as condições da felicidade em geral e a felicidade com que as mulheres deveriam se contentar, sem com isso permanecer nos limites que lhes eram designados. Ademais, o* Discurso *de Madame du Châtelet é a obra de uma mulher excepcional, tanto por sua personalidade quanto por seus talentos intelectuais e sua vida fora do comum. Apesar das obrigações que nenhuma mulher de sua categoria podia evitar, Émilie du Châtelet foi a pessoa que menos se submeteu aos preconceitos de sua época e que mais soube afirmar sua originalidade, sua independência e sua ambição contra um mundo hostil a tais pretensões.*

Finalmente, o Discurso sobre a felicidade *apresenta uma liberdade e um interesse particulares, pois não foi escrito para ser publicado*[2] *e, portanto, para agradar. Aproximando-se dos quarenta anos, Madame du Châtelet faz o balanço de sua vida e dela tira lições que só serão conhecidas pelo público trinta anos após sua morte. Das reflexões gerais sobre a felicidade, passa a seu caso pessoal e às confidências mais íntimas. São essas confissões pudicas e dilacerantes que proporcionam a seu texto uma autenticidade e uma atualidade que transcendem os particularismos de uma época.*

Embora se ignore a data exata de sua redação, o tom e o conteúdo do texto são indicações preciosas a respeito do estado de espírito e da idade da redatora. A tonalidade serena, meio desiludida, meio melancólica, indica a mulher experiente que superou os arrebatamentos do início da juventude. Como ela diz logo de início: "só percebemos com toda a clareza os meios de sermos felizes quando a idade e os entraves que nos conferimos opõem-lhes obstáculos".

Madame du Châtelet prega todas as sensações e sentimentos agradáveis e, em primeiro lugar, o amor, "a única paixão que nos pode fazer desejar viver". Mas é para logo constatar que a paixão com que sonha não faz parte deste mundo:

"Não sei se alguma vez o amor já uniu duas pessoas feitas a tal ponto uma para a outra que jamais conheceram a saciedade do gozo, o arrefecimento motivado pela segurança, a indolência e a insipidez geradas pela facilidade e pela continuidade de uma relação cuja ilusão jamais é destruída... e cujo ardor, enfim, foi igual no deleite e na privação e pôde tolerar igualmente as desventuras e os prazeres."

Na verdade, ao escrever isso, a marquesa bem sabe que não existem dois corações capazes de tal amor, mas que nasce apenas um por século, como se "produzir dois estivesse acima das forças da divindade"; aquele coração era o seu, obrigado a fazer o luto da paixão que acreditou poder viver com Voltaire.

Aos trinta anos, a marquesa du Châtelet abandona Paris, marido, filhos e amantes para ir viver com Vol-

taire em seu castelo de Cirey, próximo da fronteira da Lorena. Desdenhando as obrigações sociais e a reputação, passará com ele alguns anos de felicidade sem igual. Durante quase cinco anos (1735-1740), a sós com o grande homem, com ele formará um casal digno de Abelardo e Heloísa. Período abençoado para esses dois amantes que tão bem sabem aliar um trabalho intelectual obstinado aos prazeres dos sentidos. Todo o amor que lhe fora tão mal retribuído em outros tempos ela sente agora por esse homem que a adora como a uma deusa. Voltaire resumirá em uma frase sua situação paradisíaca: "Somos filósofos muito voluptuosos."[3]

Com o passar do tempo, nascerão a indolência e a tibieza no coração de Voltaire, que se põe a sonhar com outros horizontes, com novos estímulos. Sua vaidade chama-o para junto do jovem rei da Prússia, Frederico II, e seu temperamento fraco adormece ao lado de Émilie. Deve-se reconhecer que essa mulher tem um caráter impossível. Dotada de uma energia ilimitada (trabalha, atua e canta óperas inteiras durante a noite), autoritária até a tirania, maternal até a superproteção, cuida dele, veste-o, alimenta-o à sua maneira. Para evitar-lhe as más notícias, abre sua correspondência, censura seus escritos e esconde os que julga perigosos para ele. Por fim, excessivamente possessiva, arrasta-o de Cirey a Paris, e dali para Bruxelas, onde a chama um processo de família que a ocupará por longos anos. Voltaire irá acompanhá-la com docilidade até sua morte, em 1749, e sempre cuidará dela com muita amizade. No entanto, desde o início dos anos 1740, já não há paixão, e o peso de uma ligação demasiado exclusiva é sensível. Em 1740, as escapadelas de Voltaire para junto do rei da Prússia eternizam-se. Em 1743, parte rumo à Holanda e à Prússia para grande desespero de Émilie, que o aguarda durante meses, sem que ele se digne a mandar notícias... No início de 1744, eclode uma crise sentimental que ameaça gravemente a estabilidade do casal. Voltaire a trai abertamente com a atriz Mademoiselle Gaussin. Desta feita, a marquesa encontra muita dificuldade em determiná-lo a deixar Paris. Com um humor terrível, Voltaire trata-a da forma mais dura possível. Ela chora o dia inteiro, e, quando finalmente chegam a Cirey em meados de abril de 1744, a felicidade desapareceu, embora a cumplicidade permaneça.

Então, os encantos de Madame du Châtelet já não conseguem despertar os sentidos de Voltaire, que jamais fez segredo da escassez de seus desejos. Neste ponto, são opostos. Dotada de um temperamento fogoso, a marquesa é obrigada a fazer o luto de um dos maiores prazeres de sua vida, daqueles momentos excepcionais em que, como diz sobre o jogo, "sente-se a plenitude de existir".

Em seu Discurso sobre a felicidade, *Madame du Châtelet resume esse período difícil do final de sua vida com Voltaire da maneira mais dilacerante, embora então pertença ao passado:*

"Quando a idade, as enfermidades e talvez também um pouco a facilidade do prazer reduziram-lhe o sabor, por um bom tempo disso não me apercebi; amava por dois, passava a minha vida inteira com ele, e meu coração, isento de suspeita, usufruía o prazer de amar e a ilusão de me acreditar amada. É verdade que perdi essa condição tão bem-aventurada, o que não ocorreu sem me custar muitas lágrimas. São necessários ímpetos tremendos para romper tais elos... Poderia queixar-me e tudo perdoei... A certeza da impossibilidade da volta de seu gosto e de sua paixão, que bem sei não estar na na-

tureza, conduziu meu coração insensivelmente ao plácido sentimento da amizade..."

No momento em que escreve, Madame du Châtelet, que não esconde sua frustração, acredita, contudo, ter chegado à idade da serenidade. Afastada de Voltaire, no sentido passional do termo, ainda não conhecera Saint-Lambert, por quem experimentará uma derradeira e trágica paixão. O que permite situar a redação do Discurso *entre 1746 e 1747*[4].

Por não conseguir conservar a paixão que leva a felicidade humana ao auge, Madame du Châtelet cultivou bem cedo outra paixão, que, esta sim, acumula todas as vantagens de um sentimento vívido, sem apresentar o menor inconveniente. Trata-se do amor pelo estudo, que é ao mesmo tempo "um recurso seguro contra as desventuras e uma fonte inesgotável de prazeres".

Já na infância, Madame du Châtelet lera os bons autores (Horácio, Virgílio, Lucrécio) e era capaz de traduzir correntemente os textos latinos. Ademais, gostava das especulações mais abstratas. Aos vinte e oito anos, dera três filhos[5] *ao marido, um valente militar que praticamente não lhe interessava, e, consciente dos limites de uma vida mundana que a divertia, Émilie decide aprender matemática, disciplina quase desconhecida das mulheres de seu tempo. Ao contrário das duquesas de Chaulnes, d'Aiguillon ou de Saint-Pierre, que tentaram estudá-la durante algum tempo porque o sedutor Maupertuis introduzira a moda da matemática, Madame du Châtelet a ela se dedicará com toda a seriedade e tenacidade que essa rigorosa disciplina requer. Para ela, não se trata de um passatempo agradável, mas de uma ocupação em período integral, que a manterá acordada dias e noites em Cirey, e até os últimos anos de sua vida. Da matemática à física, e da metafísica à análise dos textos bíblicos, Madame du Châtelet é a mais consistente e completa das "eruditas" de sua época. Dotada tanto para as línguas vivas quanto para as antigas, traduz com facilidade* A fábula das abelhas, *de Mandeville, e lê o italiano no original. Descobre que o gosto pelos estudos é insaciável, sem limites, e a maior distração com que o ser humano pode sonhar. Além disso, de todas as paixões, é "a que menos põe nossa felicidade na dependência dos outros".*

No entanto, Madame du Châtelet não se contenta em cultivar essa felicidade por ela mesma. Logo decide transformá-la no instrumento de sua glória, "fonte de tantos prazeres e tantos esforços". Conquanto o negue, Émilie é uma verdadeira ambiciosa que sonha em deixar vestígios após sua morte[6]*. Para isso, a sociedade não forneceu outros meios "à metade do mundo" que não o estudo, do qual, no entanto, as menininhas são privadas. A esse respeito, Madame du Châtelet é de uma lucidez feminista muito contemporânea, quando constata que as oportunidades de felicidade para os homens são infinitamente superiores às das mulheres:*

"É certo que o amor pelo estudo é menos necessário à felicidade dos homens que à das mulheres. Os homens têm uma infinidade de recursos, que faltam inteiramente às mulheres, para serem felizes. Eles têm muitos outros meios de chegar à glória, e certamente a ambição de tornar seus talentos úteis a seu país e servir seus concidadãos, por sua habilidade na arte da guerra, ou por seus talentos para o governo, ou ainda pelas negociações, está bem acima da que é possível se propor pelo estudo; as mulheres, porém, são excluídas por sua condi-

ção de qualquer espécie de glória, e quando, por acaso, se encontra alguma que nasceu com uma alma elevada, só lhe resta o estudo para consolá-la de todas as exclusões e de todas as dependências às quais ela se encontra condenada por condição."

A princípio aluna assídua e dócil de Maupertuis (de quem também foi amante por algum tempo), depois de Clairaut[7]*, a bela Émilie, chamada de senhora "Pompom Newton" por Voltaire, porque apreciava igualmente os penduricalhos e o cientista inglês, alça vôo aos poucos. A primeira etapa da ascensão ao reconhecimento científico é transposta quando concorre anonimamente ao prêmio da Academia de ciências de 1738. O tema "Da natureza do fogo e de sua propagação" inspirara Voltaire, que começara a redigir uma dissertação durante as muitas discussões com ela. Discordando do ponto de vista de seu amante, ela decidiu, sem avisá-lo, enviar sua própria dissertação na qual trabalhava secretamente à noite. Nem um nem outro conquistou o prêmio, mas ambos experimentaram a alegria de serem publicados à custa da Academia. O que constituía uma honra sem precedentes para uma mulher. Émilie* *exulta e prossegue, sustentando uma polêmica pública sobre as forças vivas com o secretário da Academia de ciências, o honorável Dourtous de Mairan. Ela ataca-o a pretexto de Leibniz, com grande vigor. Irritado, para não dizer exasperado, ele responde num tom que frisa a condescendência, no limite da cortesia. Em 1740, ela publica as* Instituições de física, *oficialmente dedicadas a seu filho, que a tornam a representante oficial de Leibniz na França, para grande descontentamento de Voltaire, que permaneceu fiel a Newton. Pouco lhe importa a oposição da seita cartesiana (Dourtous de Mairan) e dos devotos de Newton, a marquesa alcançou seu objetivo, ser reconhecida pelo mundo científico. Seu livro é traduzido para o alemão e para o italiano; Maupertuis, Clairaut, Cramer e outros apóiam-na. É claro que toda essa glória suscita o sarcasmo de suas amigas, como as senhoras de Graffigny ou de Créqui, lideradas pela temível senhora du Deffand, que não hesitará em escrever: "que ela se fez geômetra para parecer acima das outras mulheres... e estuda geometria para conseguir entender seu livro"; sem falar da ironia agressiva de certos homens que não conseguem admitir uma mu-*

lher envolvida com as ciências. Dourtous de Mairan, por sua vez, espalha o boato de que tudo o que há de conveniente nos escritos da marquesa é na realidade obra de Clairaut. Émilie pouco se importa; naquele momento, corresponde-se com os maiores cientistas da época: Wolff, Euler, Cramer, Jurin, Bernoulli, Van Musschenbroek ou o padre Jacquier consideram-na uma igual.

Na época da redação do Discurso sobre a felicidade, *Madame du Châtelet dedicava-se à sua grande obra: a tradução dos* Principia *de Newton, de difícil acesso ao público por ser em latim. Clairaut, que a aconselha, confia ao padre Jacquier, grande especialista em Newton, que ela trabalha como uma condenada. O ano de 1747 é consagrado à revisão das provas de sua tradução e à continuação do* Comentário, *que só deveria abordar o Sistema do mundo e as teses do primeiro livro dos* Principia. *Precisará ainda dos dois anos que a separam da morte para terminar com dificuldade esse trabalho excepcional. Nem mesmo sua paixão frenética por Saint-Lambert conseguirá distraí-la dessa obra tão essencial para ela. Como se secretamente adivinhasse que apostava sua existência nessa missão.*

Ao contrário da maioria de seus semelhantes, não foram seus filhos que assumiram a perenidade de seu nome. Nem mesmo o apego de seu célebre companheiro. Ela sobreviveu junto aos cientistas graças à tradução do gênio inglês, que foi durante mais de dois séculos a única à disposição do público francês[8]*. Glória, decerto, bem modesta com relação à de Voltaire, mas êxito comprovado de sua promessa "de fazer falarem dela quando não estivesse mais ali", e de fazer falarem com honra.*

Em 1747, Madame du Châtelet, diminuindo em muito sua pretensão, pôde se considerar feliz e oferecer seus conselhos esclarecidos aos mais jovens que "a idade e as circunstâncias da vida lhes forneceriam com demasiada lentidão". Como se os conselhos dos mais velhos pudessem fazer os mais jovens ganhar tempo e, sobretudo, como se a vida não pudesse mais desconcertar a bela marquesa, protegida pela experiência arduamente adquirida.

Ironia do destino, que a espreitava para despedaçar a bela sabedoria que exibia em seu Discurso. *Mal terminou suas páginas, Madame du Châtelet, que tanto pontificava a moderação, a independência e a saúde, vai deparar, aos quarenta e dois anos, com a paixão mais devastadora por um jovem oficial da corte da Lorena, que será a causa de sua morte. De fato, experimentará por Saint-Lambert, dez anos mais novo que ela, um sentimento doloroso, a um só tempo semelhante ao primeiro amor de moça e à paixão senil do idoso. Jamais alguém perdeu tanto a cabeça por um outro. Paixão detestável, que despertou sua natureza possessiva, tirânica, eternamente insatisfeita. Um tanto egoísta, o jovem acrescentou a falta de jeito à leviandade: Madame du Châtelet viu-se grávida numa idade em que não poderia. À vergonha de engravidar, à de enlamear o nome de seus filhos legítimos, acrescentou-se uma terrível angústia mortal que não a abandonaria mais.*

Como seus pressentimentos a advertiram, morrerá em 9 de setembro de 1749, alguns dias após dar à luz uma menina. Pranteada pelo marido, pelo companheiro Voltaire e pelo amante Saint-Lambert junto à sua cabeceira, sua morte foi saudada em Paris por uma avalanche de pilhérias. Nelas havia de tudo: essa gravidez ridícula para uma mulher de sua idade, seus trabalhos científicos julgados nulos e inexistentes pelos ignoran-

tes que não os compreendiam. E daí? A posteridade reservava-lhe a vingança mais doce, a de ser lida ainda hoje graças a esse pequeno Discurso sobre a felicidade, *que revela uma mulher fora do comum, que, contudo, tanto se parece com as mulheres de hoje.*

ELISABETH BADINTER

Notas

1. Ver a bela obra de Robert Mauzi, *L'idée du bonheur au XVIIIe siècle*, Paris, Armand Colin, 1960, p. 94.

2. Após a morte de Madame du Châtelet, o manuscrito foi parar nas mãos de Saint-Lambert, que se recusou a deixar que o publicassem enquanto Voltaire e o marido da marquesa estivessem vivos. A primeira edição é de 1779, com o título de *Discours sur le bonheur,* da falecida Madame du Châtelet, encabeçando o do *Huitième recueil philosophique et littéraire* da sociedade tipográfica de Bouillon. Tendo passado totalmente despercebido, o texto tornou a ser publicado por J.-B. Suard em 1796, com o título de *Réflexions sur le bonheur,* em *Opuscules philosophiques et littéraires, la plupart posthumes ou inédits.* Uma terceira edição foi publicada em 1806 por Hochet. Publicamos aqui a edição de 1779, retomada por R. Mauzi e publicada em 1961

com um comentário e um trabalho crítico notável. Paris, Société d'édition "Les Belles Lettres".

3. Carta a Thieriot, 3 de novembro de 1735, Besterman, D 935.

4. Cf. R. Mauzi, Prefácio ao *Discours sur le bonheur, op. cit.*, pp. LXXIV-LXXXIII. Baseando-se na citação de dois versos de *Semíramis*, cuja primeira versão só foi concluída por Voltaire em maio de 1746 e em outros episódios da vida de Madame du Châtelet, R. Mauzi concluiu de maneira convincente que a composição mais plausível do *Discurso* se situa no ano de 1747.

5. Dois sobreviverão, um filho e uma filha.

6. Cf. Elisabeth Badinter, *Émilie, Émilie, l'Ambition féminine au XVIIIe siècle*, 1983, Le Livre de poche, nº 5952.

7. Cabe a Maupertuis e a Clairaut o mérito de terem sido os primeiros a comprovar, com sua expedição à Lapônia, a forma achatada da Terra e a verificar as teorias de Newton.

8. A primeira edição, póstuma, da tradução dos *Principia*, data de 1759. A última que leva o nome de Madame du Châtelet data de 1966. É uma reedição em fac-símile publicada por Blancard.

Discurso sobre a felicidade

Acredita-se comumente que é difícil ser feliz, e tem-se razão mais que suficiente para acreditá-lo; no entanto seria mais fácil ser feliz se entre os homens as reflexões e o plano de conduta precedessem suas ações. Somos arrastados pelas circunstâncias, e entregamo-nos às esperanças, que sempre nos restituem apenas em parte o que nelas depositamos: enfim, só percebemos com toda a clareza os meios de sermos felizes quando a idade e os entraves que nos conferimos opõem-lhes obstáculos.

Previnamos essas reflexões que fazemos tarde demais: os que lerem estas encontrarão nelas o que a idade e as circunstâncias de sua vida lhes forneceriam com demasiada lentidão. Tratemos de impedir que percam uma parte do tempo curto e precioso que temos para sentir e pensar, e que [*passem*] a calafetar sua embarcação o tempo que [*deveriam empregar proporcionando-se os prazeres que eles*] podem saborear em sua navegação.

Para ser feliz, é preciso desfazer-se dos preconceitos, ser virtuoso, gozar de boa saúde, ter gostos e paixões, ser suscetível de ilusões, pois devemos a maioria de nossos prazeres à ilusão, e infeliz de quem a perde. Em vez, portanto, de tentar fazê-la desaparecer com a chama da razão, tratemos de adensar o verniz com que ela reveste a maioria dos objetos; este é-lhe ainda mais necessário do que os cuidados e os adereços o são para nossos corpos.

Devemos começar por nos dizer – e nos convencermos disso – que nada temos a fazer nesse mundo a não ser nos proporcionar sensações e sentimentos agradáveis. Os moralistas que dizem aos homens: reprimam suas paixões e controlem seus desejos se quiserem ser felizes, não conhecem o caminho da felicidade. Só se é feliz com os gostos e paixões satisfeitos; [*digo gostos*], porque nem sempre se é suficientemente feliz com as paixões, e, na ausência de paixões, é preciso contentar-se com os gostos. Deveríamos, portanto, pedir paixões a Deus, caso ousássemos pedir-lhe algo; e Le Nôtre tinha muita razão em pedir ao papa tentações em vez de indulgências.

Mas, dir-me-ão, as paixões não fazem mais infelizes do que felizes? Não disponho da balança necessária para pesar em geral o bem e o mal que fizeram aos homens; deve-se contudo observar que os infelizes são conhecidos porque necessitam dos outros, porque lhes agrada narrar suas desventuras e porque aí buscam remédio e alívio. As pessoas felizes nada buscam e não anunciam sua ventura aos outros; os infelizes são interessantes; os felizes, desconhecidos.

Eis por que, quando dois amantes se reconciliam, quando seu ciúme finda, quando os obstáculos que os separavam são superados, deixam de ser adequados para o teatro; acaba-se a peça para os espectadores, e a cena de Renaud e Armide não despertaria tanto interesse quanto desperta se o espectador não esperasse que o amor de Renaud fosse o efeito de um encanto que vai se dissipar, e que a paixão que Armide revela nessa cena tornará sua desventura mais interessante. Os mesmos impulsos agem sobre nossa alma para comovê-la nas representações teatrais e nos acontecimentos da vida. Conhecemos portanto bem melhor o amor pelas desventuras que causa do que pela ventura muitas vezes obscura que irradia sobre a vida dos homens. Mas suponhamos por um momento que as paixões façam mais infelizes do que felizes; e digo que ainda seriam algo desejável, porque são uma condição sem a qual não se pode obter grandes prazeres; ora, só vale a pena viver quando se têm sensações e sentimentos agradáveis; e, quanto mais vívidos forem os sentimentos agradáveis, mais felizes somos. É, portanto, o caso de se desejar ser suscetível a paixões, e repito novamente: só não as tem quem não quer.

Cabe a nós fazê-las servir à nossa felicidade, e isso freqüentemente depende de nós. Aqueles que souberam economizar tão bem sua situação e as circunstâncias em que a sorte os colocou a ponto de terem conseguido encaminhar seu espírito e seu coração a um estado tranqüilo, a ponto de serem suscetíveis a todos os sentimentos, a todas as sensações agradáveis que esse estado pode comportar, são certamente excelentes filósofos e devem ser muito gratos à natureza.

Digo sua situação e as circunstâncias em que a sorte os colocou porque acredito que uma das coisas que mais contribuem para a felicidade é contentar-se com sua situação, e preocupar-se mais com torná-la feliz do que com mudá-la.

Meu propósito não é escrever para todos os tipos de situações e para todos os tipos de pessoas; nem todas as situações são suscetíveis à mesma espécie de felicidade. Escrevo apenas para as chamadas pessoas do mundo, isto é, para as que já nasceram com fortuna, mais ou menos brilhante, mais ou menos opulenta, mas, enfim, de tal modo que possam permanecer em sua situação sem dela envergonhar-se, e talvez não sejam estas as pessoas que se tornem felizes com mais facilidade.

Para ter paixões, porém, para poder satisfazê-las, é certamente necessário gozar de boa saúde; este é o principal bem; ora, esse bem não é tão independente de nós quanto supomos. Como todos nós nascemos saudáveis (quero dizer, de um modo geral) e feitos para durar um certo tempo, com certeza, se não destruirmos nossa compleição pela gula, pelas vigílias, enfim, pelos excessos, viveremos todos mais ou menos até o que chamamos de maturidade. Disso excetuo as mortes violentas, que não se pode prever, e das quais, por conseguinte, é inútil ocupar-se.

Mas, responder-me-ão, se a vossa paixão é a gula, sereis então muito infeliz: pois, se quiserdes ter boa saúde, tereis de conter-vos o tempo todo. A isso respondo que, sendo a felicidade vosso propósito, satisfazendo vossas paixões, nada deve vos afastar desse propósito; e, se a indisposição de estômago ou a gota acarretadas pelos excessos à mesa provocam-vos dores mais intensas do que o prazer que sentis em satisfazer vossa gula, calculais mal se preferis o gozo de um à privação do outro: estais vos afastando de vosso objetivo, e sois infeliz por culpa vossa. Não vos queixeis de serdes guloso: essa paixão é fonte de prazeres contínuos; mas sabei fazê-la servir à vossa felicidade; ser-vos-á fácil, permanecendo em vossa casa e ordenando que vos sirvam apenas o que quiserdes comer: fazei uma dieta de quando em quando; se esperardes que vosso estômago deseje por uma fome bem verdadeira, tudo o que se apresentar vos dará tanto prazer quanto as iguarias mais rebuscadas, nas quais não pensareis quando não as tiverdes diante dos olhos. Essa sobriedade que vos imporeis tornará o prazer mais intenso. Não a aconselho para extinguir em vós a gulodice, mas para com ela vos preparar uma satisfação mais deliciosa. No que diz respeito aos doentes, cacoquimos a quem tudo incomoda, estes têm outras espécies de felicidade. Estar bem aquecido, digerir bem seu frango, fazer suas necessidades é para eles uma satisfação. Tal felicidade, caso se a sinta assim, é demasiado insípida para nos ocuparmos com as maneiras de alcançá-la. Aparentemente, essas espécies de pessoas estão em uma esfera de que o que chamamos de felicidade, deleite, sentimentos agradáveis não consegue avizinhar-se. São dignas de lástima; mas nada podemos fazer por elas.

Quando existe a convicção de que, sem saúde, não se pode fruir de nenhum prazer e de nenhum bem, não é difícil resolver-se a fazer alguns sacrifícios para conservá-la. Posso afirmar que sou um exemplo disso. Tenho ótima compleição; mas não sou robusta, e existem coisas que certamente destruiriam minha saúde. O vinho, por exemplo, e todos os tipos de licores; proibi-os a mim desde o início de minha juventude, tenho um temperamento fogoso, passo a manhã inteira enchendo-me de líquidos; enfim, entrego-me com demasiada freqüência à gulodice de que Deus me dotou, e reparo esses excessos por dietas rigorosas que me imponho ao primeiro incômodo que sinto e que sempre me evitaram as enfermidades. Essas dietas nada me custam, porquanto nessas ocasiões faço sempre as refeições em casa e, como a natureza é bastante sábia para não nos dar a sensação de fome quando a empanturramos de alimentos, não sendo minha gulodice excitada pela presença de iguarias, de nada me abstenho ao não comer, e recupero a saúde sem o esforço da privação.

Outra fonte de felicidade é ser livre de preconceitos, e cabe apenas a nós dissipá-los. Todos temos a quantidade de espírito necessária para examinar as coisas que querem nos obrigar a acreditar; para saber, por exemplo, se dois mais dois são quatro ou cinco; e, ademais, neste século, não nos faltam meios de instrução. Sei que existem outros preconceitos que não os da religião, e creio que é excelente afastá-los, embora não exista nenhum que influa tanto em nossa felicidade e em nossa infelicidade quanto os da religião. Quem diz preconceito, quer dizer opinião recebida sem ponderação: do contrário, ela não se sustentaria. O erro jamais pode ser um bem, e certamente é um grande mal nas coisas de que depende a conduta da vida.

Não se deve confundir preconceitos com decoro. Os preconceitos não detêm qualquer verdade e só podem ser úteis às almas mal constituídas: existem almas corrompidas como existem corpos disformes. Estas são inqualificáveis, e nada tenho a dizer-lhes. O decoro tem uma verdade de convenção, e isso basta para que qualquer pessoa de bem jamais se permita dele se afastar. Não existem livros que ensinem o decoro, e, contudo, ninguém o ignora de boa-fé. Ele varia, dependendo da situação, da idade, das circunstâncias. Quem quer que almeje a felicidade jamais deve dele se desviar; a observação estrita do decoro, contudo, é uma virtude, e já mencionei que, para ser feliz, deve-se ser virtuoso. Sei que os pregadores, e até Juvenal, dizem que se deve amar a virtude por ela mesma, por sua própria beleza; mas é necessário empenho para compreender o sentido dessas palavras, e ver-se-á que se reduzem ao seguinte: é necessário ser virtuoso, porque não se pode ser devasso e feliz. Compreendo por *virtude* tudo o que concorre para a felicidade da sociedade e, por conseguinte, para a nossa, pois somos membros da sociedade.

Disse que não se pode ser feliz e devasso, e a demonstração desse axioma está no fundo do coração de todos os homens. Sustento, mesmo aos mais celerados, que entre eles não existe nenhum a quem as admoestações de sua consciência, isto é, de seu sentimento interior, o desprezo que sente que merece e que experimenta, desde o momento em que o conhece, não pareçam um suplício. Não entendo por celerados os ladrões, os assassinos, os envenenadores, estes não podem encontrar-se na classe daqueles para os quais escrevo; mas assim denomino os indivíduos falsos e pérfidos, os caluniadores, os delatores, os ingratos, enfim, todos os que são atingidos por vícios que as leis não reprimiram, mas contra os quais as leis dos costumes e da sociedade promulgaram decretos, ainda mais terríveis porque são sempre executados.

Sustento portanto que não há ninguém na terra que possa experimentar o desprezo sem desespero. Esse desprezo público, essa animadversão das pessoas de bem é um suplício mais cruel do que todos os que o tenente-criminal poderia infligir, porque perdura por mais tempo e jamais é acompanhado de esperança.

Não se deve, portanto, ser devasso, caso não se queira ser infeliz; porém, para nós, não basta não ser infeliz; não valeria a pena tolerar a vida se a ausência de dor fosse nosso único objetivo; seria melhor o nada: pois, certamente, esta é a situação em que menos se sofre. É, portanto, preciso empenhar-se em ser feliz. É preciso sentir-se bem consigo mesmo pela mesma razão que é preciso estar bem acomodado em sua casa, e esperar-se-ia em vão a possibilidade de usufruir essa satisfação sem a virtude:

> É simples os olhos dos mortais ofuscar;
> Mas não é possível os olhos vigilantes dos deuses
> [enganar,

disse um de nossos melhores poetas; mas são os olhos vigilantes de nossa própria consciência que jamais logramos burlar.

Fazemo-nos uma justiça exata, e, quanto mais podemos dar mostras de que cumprimos nossos deveres, que fizemos todo o bem possível, enfim, que somos virtuosos, mais saboreamos essa satisfação interior que podemos chamar de saúde da alma. Duvido que haja sentimento mais delicioso do que aquele que se experimenta quando se acaba de fazer uma ação virtuosa e que merece a estima dos honestos. Ao prazer interior suscitado pelas ações virtuosas, acrescenta-se, ainda, o prazer de fruir da estima universal: pois os patifes não podem recusar sua estima à probidade; porém só a estima dos honestos é que merece ser considerada. Enfim, digo que, para ser feliz, deve-se ser suscetível de ilusão, o que praticamente não precisa ser provado; mas, dir-me-eis, dissestes que o erro é sempre prejudicial: a ilusão não é um erro? Não: na verdade, a ilusão não nos faz ver os objetos inteiramente tal como devem ser para dar-nos sentimentos agradáveis, ela acomoda-os à nossa natureza. Assim é a ilusão de ótica: ora, a ótica não nos engana, conquanto não nos faça ver os objetos tal qual são, porque ela no-los faz ver da maneira que é preciso que os vejamos para eles nos serem úteis. Por que razão eu rio mais do que ninguém no teatro de marionetes, senão porque me entrego mais do qualquer outro à ilusão e, ao final de quinze minutos, acredito que é Polichinelo quem está falando? Alguém teria algum momento de prazer, durante uma apresentação teatral, se não se entregasse à ilusão, que o faz ver personagens que sabe estarem mortos há muito falando em versos alexandrinos? Mas que prazer teríamos com um outro espetáculo em que tudo é ilusão, caso não nos entregássemos a ele? Certamente, perder-se-ia muito, e os que na ópera experimentam apenas o prazer da música e da dança, têm um prazer bem pobre e bem abaixo do que o conjunto desse espetáculo encantador oferece. Citei os espetáculos porque neles é mais fácil sentir a ilusão. Ela mescla-se a todos os prazeres de nossa vida, sendo seu verniz. Talvez se diga que ela não depende de nós, o que é pura verdade, até certo ponto; não é possível se oferecer ilusões, da mesma forma que não se pode oferecer gostos, nem paixões; mas é possível conservar as ilusões que se tem; é possível não tentar destruí-las; é possível não ir aos bastidores ver as engrenagens que produzem os vôos e as outras máquinas: eis toda a arte que nelas é possível colocar, e essa arte não é inútil nem infrutuosa.

São essas as grandes máquinas da felicidade, se me permitis me expressar dessa maneira; mas existem ainda muitas habilidades de detalhe que podem contribuir para nossa felicidade.

A primeira de todas é estar firmemente determinado com respeito ao que se quer ser e ao que se quer fazer, e é o que falta a quase todos os homens; no entanto, é a condição sem a qual não existe felicidade. Sem ela, nada-se perpetuamente num mar de incertezas; destrói-se pela manhã o que se fez à noite; passa-se a vida fazendo tolices, reparando-as, arrependendo-se delas.

Esse sentimento de compunção é um dos mais inúteis e desagradáveis que nossa alma pode experimentar. Um dos grandes segredos é saber prevenir-se dele. Como nada se parece na vida, quase sempre é inútil reconhecer seus erros, pelo menos é vão neles deter-se por muito tempo a examiná-los e admoestar-se por eles: é recobrir-mo-nos de confusão a nossos próprios olhos sem qualquer proveito. É preciso partir de onde se está, empregar toda a sagacidade do espírito para reparar e encontrar os meios de reparação; mas não devemos considerar nossa vulnerabilidade, e sempre é preciso afastar do espírito a lembrança dos erros: após deles arrancar o fruto que se pode alcançar, afastar as idéias tristes e substituí-las por agradáveis é ainda um dos grandes móbeis da felicidade, e este temos em nosso poder, pelo menos até certo ponto; sei que, em uma paixão violenta que nos torna infelizes, não depende inteiramente de nós banir de nosso espírito as idéias que nos afligem; mas nem sempre nos vemos nessas situações violentas, nem todas as enfermidades são febres malignas, e as pequenas desventuras menores, as sensações desagradáveis, conquanto fracas, devem ser evitadas. A morte, por exemplo, é uma idéia que sempre nos aflige, quer porque prevemos a nossa, quer porque pensamos na das pessoas que amamos. É preciso portanto esquivarmo-nos com cuidado de tudo o que possa nos lembrar dessa idéia. Oponho-me vigorosamente a Montaigne, que se congratulava por ter de tal forma se acostumado à morte, que estava certo de que, quando a visse de perto, não se assustaria. Pela complacência com que narra essa vitória, observamos que ela lhe custou muito, e neste ponto o sábio Montaigne calculou mal: afinal, seguramente é irreflexão envenenar com essa idéia triste e humilhante uma parte do pouco tempo que temos para viver, a fim de tolerar com maior paciência um momento que as dores corporais tornam sempre muito amargo, malgrado nossa filosofia; ademais, quem sabe se a debilitação de nosso espírito, causada pela enfermidade ou pela idade, irá nos deixar colher o fruto de nossas reflexões, e se não frustraremos nossa esperança, como acontece tantas vezes na vida? Tenhamos sempre em mente esse verso de Gresset, quando recordarmos a idéia da morte:

A dor é um século, e a morte, um instante.

Desviemos esse espírito de todas as idéias desagradáveis; elas são a fonte de onde nascem todos os males metafísicos, e são sobretudo estes que quase sempre está em nossas mãos evitar.

A sensatez deve sempre prevalecer: pois quem diz *sensato* diz *feliz*, pelo menos em meu dicionário; é preciso ter paixões para ser feliz; mas é preciso fazê-las servir à nossa felicidade, e existem algumas às quais é preciso proibir a entrada em nossa alma. Não me refiro aqui às paixões que são vícios, como o ódio, [*a vingança, a cólera; mas a ambição*], por exemplo, é uma paixão da qual creio que se deve proteger a alma, quando se quer ser feliz; não pela razão de não oferecer fruição, pois acho que essa paixão pode fornecê-la; não é porque a ambição sempre deseja, pois é seguramente um grande bem, mas porque, de todas as paixões, é a que mais coloca nossa felicidade na dependência dos outros; [*ora, quanto menos nossa felicidade depende dos outros*], mais nos é fácil ser feliz. Quanto a isso, por mais que se evite, ela sempre dependerá suficientemente deles. Por essa razão de independência, o amor pelo estudo é, de todas as paixões, a que mais contribui para nossa felicidade. No amor pelo estudo encontra-se encerrada uma paixão da qual uma alma elevada jamais é inteiramente isenta, a da glória; para a metade das pessoas, existe apenas essa maneira de conquistá-la, e a essa metade justamente a educação arrebata os meios de alcançá-la, tornando-lhe a fruição impossível.

É certo que o amor pelo estudo é menos necessário à felicidade dos homens que à das mulheres. Os homens têm uma infinidade de recursos, que faltam inteiramente às mulheres, para serem felizes. Eles têm muitos outros meios de chegar à glória, e certamente a ambição de tornar seus talentos úteis a seu país e servir seus concidadãos, por sua habilidade na arte da guerra, ou por seus talentos para o governo, ou ainda pelas negociações, está bem acima [*da*] que é possível se propor pelo estudo; as mulheres, porém, são excluídas por sua condição de qualquer espécie de glória, e quando, por acaso, se encontra alguma que nasceu com uma alma elevada, só lhe resta o estudo para consolá-la de todas as exclusões e de todas as dependências às quais ela se encontra condenada por condição.

O amor pela glória, que é fonte de tanto prazer e de tantos esforços de todos os gêneros que contribuem para a felicidade, para a instrução e para a perfeição da sociedade, é inteiramente baseado na ilusão; nada é tão fácil quanto fazer desaparecer o fantasma atrás do qual correm todas as almas elevadas; mas quanto haveria a perder para elas e para as outras! Sei que há alguma realidade no amor pela glória de que podemos usufruir enquanto estamos vivos; mas praticamente não existe nenhum herói, de nenhum gênero, que queira se despojar inteiramente dos aplausos da posteridade, da qual se espera até mais justiça do que de seus contemporâneos. Nem sempre saboreamos o vago desejo de falarem de nós quando já não estivermos aqui; mas ele sempre permanece no fundo de nosso coração. A filosofia gostaria de revelar sua vanidade; mas prevalece o sentimento, e esse prazer não é uma ilusão: pois comprova-nos o bem real de fruir de nossa reputação futura; se o presente fosse nosso único bem, nossos prazeres seriam bem mais limitados do que são. Somos felizes no momento presente, não somente por nossos prazeres atuais, mas também por nossas esperanças, por nossas reminiscências. O presente é enriquecido pelo passado e pelo futuro. Quem trabalharia por seus filhos, pela grandeza de sua casa, se não usufruíssemos o futuro? Por mais que neguemos, o amor-próprio é sempre o móvel mais ou menos oculto de nossas ações; é o vento que infla as velas, sem o qual a embarcação não navegaria.

Eu disse que o amor pelo estudo era a paixão mais necessária à nossa felicidade; é um recurso seguro contra as desventuras, é uma fonte inesgotável de prazeres, e Cícero tem razão em dizer: *Os prazeres dos sentidos e os do coração estão, sem dúvida, acima dos prazeres do estudo; não é necessário estudar para ser feliz; mas talvez o seja sentir em si mesmo esse recurso e esse apoio.* É possível amar o estudo, e passar anos inteiros, talvez a vida inteira, sem estudar; e feliz de quem a passa assim: porque talvez seja a prazeres mais vívidos que sacrifica um prazer que está sempre certo de encontrar e que ele tornará bastante vívido para compensá-lo da perda dos outros.

Um dos grandes segredos da felicidade é moderar os desejos e amar as coisas que se possui. A natureza, cujo propósito é sempre nossa felicidade (e compreendo por natureza tudo o que é instinto e sem raciocínio), a natureza, eu dizia, só nos oferece desejos em conformidade a nossa situação; naturalmente, só desejamos aos poucos: um capitão de infantaria deseja ser coronel, e não é infeliz de não comandar os exércitos, por mais talentoso que se sinta. Cabe a nosso espírito e às nossas reflexões fortalecer essa sábia sobriedade da natureza; só se é feliz pelos desejos satisfeitos; é preciso portanto só se permitir desejar as coisas que se pode obter sem demasiados cuidados e trabalho, e é um ponto sobre o qual temos muito poder para nossa felicidade. Amar o que se possui, saber usufruir isso, saborear as vantagens de nossa condição, não contemplar demais os que nos parecem mais felizes, empenhar-se em aperfeiçoá-la, e aproveitá-la da melhor maneira possível, eis o que se deve chamar de felicidade; e acredito oferecer uma boa definição dizendo que o mais feliz dos homens é aquele que menos deseja a mudança de sua condição. Para gozar essa felicidade, é preciso curar-se ou prevenir-se de uma enfermidade de uma outra espécie que a ela se opõe por inteiro e que é demasiado comum: a inquietude. Essa disposição de espírito opõe-se a qualquer deleite, e, conseqüentemente, a qualquer espécie de felicidade.

A filosofia certa, isto é, a firme convicção de que nada temos a fazer nesse mundo além de sermos felizes, é um remédio eficaz contra essa enfermidade, da qual os bons espíritos, aqueles capazes de princípios e conseqüências, estão quase sempre livres.

Existe uma paixão muito insensata aos olhos dos filósofos e da razão, cujo motivo, por mais dissimulado que seja, chega a ser humilhante, e ele próprio deveria bastar para curá-la; contudo pode tornar feliz: é a paixão pelo jogo. É bom tê-la quando se consegue moderá-la e reservá-la para a época de nossa vida em que esse recurso nos será necessário, e essa época é a velhice. É certo que a origem do amor pelo jogo é o amor pelo dinheiro; não há ninguém para quem as grandes apostas (e chamo de grandes apostas aquelas que podem alterar nossa fortuna) não sejam um objeto interessante.

Nossa alma quer ser revolvida pela esperança ou pelo receio; só é feliz pelas coisas que a fazem sentir sua existência. Ora, o jogo confronta-nos perpetuamente com essas duas paixões e, conseqüentemente, mantém nossa alma em uma emoção que é um dos grandes princípios da felicidade que reside em nós. O prazer que tive com o jogo muitas vezes serviu-me de consolo por não ser rica. Considero meu espírito bastante bem formado para que uma fortuna, medíocre para um outro, baste para me fazer feliz; e, neste caso, o jogo tornar-se-ia insípido para minha pessoa; pelo menos receava-o, e essa idéia convenceu-me de que devia o prazer pelo jogo à minha pouca fortuna, e servia para disso me consolar.

É certo que as necessidades físicas são a origem dos prazeres dos sentidos, e estou convencida de que há mais prazer em uma fortuna medíocre do que em uma abundância plena. Uma caixa, uma porcelana, um móvel novo são um verdadeiro deleite para mim; mas, se eu tivesse trinta caixas, seria pouco sensível à trigésima primeira. Nossos gostos embotam-se facilmente com a saciedade, e deve-se dar graças a Deus por ter nos dado as privações necessárias para conservá-[*los*]. É o que faz com que um rei enfastie-se com tanta freqüência e com que seja impossível ele ser feliz, a menos que tenha recebido do céu uma alma suficientemente grande para ser suscetível aos prazeres de sua condição, isto é, o de tornar feliz um grande número de homens; então essa condição torna-se a primeira de todas pela felicidade, assim como o é pelo poder.

Eu disse que, quanto mais nossa felicidade depende de nós, mais é garantida; e, no entanto, a paixão, que pode oferecer-nos os maiores prazeres e nos tornar mais felizes, coloca inteiramente nossa felicidade na dependência dos outros: percebe-se que quero falar do amor.

Talvez essa paixão seja a única que pode nos fazer desejar viver e levar-nos a agradecer ao autor da natureza, quem quer que seja, por ter-nos concedido a existência. Milorde Rochester tem toda a razão em dizer que os deuses colocaram essa gota celeste no cálice da vida para dar-nos coragem de suportá-la:

> Deve-se amar, é o que nos sustenta:
> Pois sem amor é triste ser homem.

Se esse gosto mútuo, que é um sexto sentido, e o mais fino, o mais delicado, o mais precioso de todos, une duas almas igualmente sensíveis à felicidade, ao prazer, está resolvido, e não se tem mais nada a fazer para ser feliz, todo o resto é indiferente; só a saúde ainda é necessária. É preciso servir-se de todas as faculdades da alma para gozar essa felicidade; deve-se deixar a vida quando se a [*perde*], e ter muita certeza de que os anos de Nestor nada são comparados a quinze minutos de tal deleite. É razoável que tal felicidade seja rara; se fosse comum, seria preferível ser homem a ser deus, pelo menos tal como nos podemos representá-lo. O que se tem de melhor a fazer é convencer-se de que essa felicidade não é impossível. Não sei, contudo, se alguma vez o amor já uniu duas pessoas feitas a tal ponto uma para outra que jamais conheceram a saciedade do gozo, o arrefecimento motivado pela segurança, a indolência e a insipidez geradas pela facilidade e pela continuidade de uma relação cuja ilusão jamais é destruída (pois onde ela entra mais do que no amor?) e cujo ardor, enfim, foi igual no deleite e na privação e pôde tolerar igualmente as desventuras e os prazeres.

Um coração capaz de tal amor, uma alma tão terna e firme parece esgotar o poder da divindade; nasce um deles a cada século; parece que produzir dois está acima de suas forças, ou que, se os produzisse, invejaria seus prazeres, caso estes se conhecessem; mas o amor pode tornar-nos felizes com custos menores: uma alma terna e sensível é feliz pelo simples prazer que experimenta amando; não quero dizer com isso que se possa ser perfeitamente feliz amando, conquanto não se seja amado; mas digo que, embora nossas idéias de felicidade não se encontrem completamente ocupadas pelo amor do objeto que amamos, o prazer que sentimos em entregar-nos a toda a nossa ternura pode bastar para nos tornar felizes; e, caso essa alma tenha ainda a ventura de ser suscetível à ilusão, é impossível que não se acredite mais amada do que talvez o seja efetivamente; ela deve amar tanto, que ama por dois, e o calor de seu coração complementa o que realmente falta à sua felicidade. Um temperamento sensível, vivo e arrebatado deve pagar o tributo dos inconvenientes vinculados a essas qualidades, não sei se devo dizer boas ou ruins; mas acredito que qualquer pessoa que pudesse compor seu caráter nele as incluiria. Uma primeira paixão transporta uma alma dessa têmpera tão para fora de si, que ela se torna inacessível a qualquer reflexão e a qualquer idéia moderada; provavelmente pode preparar-se os maiores pesares; mas o maior inconveniente vinculado a essa sensibilidade arrebatada é que é impossível a alguém que ama tão excessivamente ser amado, e praticamente não há homens cujo gosto não se reduza com o conhecimento de tal paixão. Isso decerto deve parecer bem estranho a quem ainda não conhece o bastante o coração humano; mas, por menos que se tenha refletido sobre o que a experiência nos oferece, sentir-se-á que, para conservar por muito tempo o coração de seu amante, é sempre necessário que a esperança e o temor ajam sobre ele. Ora, uma paixão tal como a que acabo de descrever produz um abandono de si que torna incapaz qualquer artifício; o amor traspassa por todos os lados; a pessoa começa por adorar-vos, é impossível agir de outra maneira; mas logo a certeza de ser amado, e o fastio de ser sempre antecipado, a desventura de nada ter a temer embotam os gostos. Eis como é feito o coração humano, e não acreditai que falo assim por rancor: recebi de Deus, é verdade, uma dessas almas ternas e imutáveis que não sabem dissimular, nem moderar as paixões, que não conhecem o desânimo, nem o fastio, e cuja tenacidade sabe a tudo resistir, até à certeza de já não ser amada; mas fui feliz durante dez anos com o amor daquele que subjugara minha alma; e, esses dez anos, passei-os a sós com ele sem nenhum momento de aborrecimento ou langor. Quando a idade, as enfermidades e talvez também um pouco a facilidade do prazer reduziram-lhe o sabor, por um bom tempo disso não me apercebi; amava por dois, passava a minha vida inteira com ele, e meu coração, isento de suspeita, usufruía o prazer de amar e a ilusão de me acreditar amado. É verdade que perdi essa condição tão bem-aventurada, o que não ocorreu sem me custar muitas lágrimas. São necessários ímpetos tremendos para romper tais elos: a ferida do meu coração sangrou por muito tempo; poderia queixar-me e tudo perdoei. Fui suficientemente justa para sentir que talvez só houvesse no mundo meu coração que abrigasse essa imutabilidade que aniquila o poder do tempo; que, se a idade e as enfermidades não houvessem extinguido por completo os desejos, eles talvez ainda existissem para mim, e que o amor mo teria trazido de volta; por fim, que seu coração, incapaz de amor, amava-me com a mais terna amizade e consagrar-me-ia sua vida. A certeza da impossibilidade da volta de seu gosto e de sua paixão, que bem sei não estar na natureza, conduziu meu coração insensivelmente ao plácido sentimento da amizade: e esse sentimento, unido à paixão pelo estudo, fazia-me assaz feliz.

Mas um coração tão terno pode ser preenchido por um sentimento tão tranqüilo e brando como a amizade? Não sei se é o caso de esperar, se é o caso até de aspirar sempre a manter essa sensibilidade na espécie de apatia à qual é difícil conduzi-la. Só se é feliz por meio de sentimentos vívidos e agradáveis; por que então proibir-se os mais vívidos e os mais agradáveis de todos? Mas o que se experimentou, as reflexões que se foi obrigado a fazer para levar seu coração a essa apatia, a própria dificuldade que se teve para reduzi-lo a isso, deve criar o receio de abandonar um estado que não é de infelicidade para tolerar desventuras que a idade e a perda da beleza tornariam inúteis.

Belas reflexões, dir-me-ão, e bem úteis! Vereis para que vos servirão, se um dia vos apegardes a alguém que se enamorou de vós; mas acredito que se engana aquele que crê serem essas reflexões inúteis. Passados os trinta anos, as paixões não vos arrebatam mais com a mesma impetuosidade. Crede que resistiríeis a seu apelo caso o desejásseis com ardor, e estivésseis convencido de que traria vossa desgraça. Só se cede a elas porque não se está muito convencido da verdade dessas máximas e porque ainda há a esperança de ser feliz, e há motivos para disso se persuadir. Por que proibir-se a esperança de ser feliz, e da maneira mais viva? Mas, se não devemos nos proibir essa esperança, tampouco é permitido nos enganarmos sobre os meios da felicidade; a experiência deve pelo menos ensinar-nos a contar com nós mesmos e fazer nossas paixões servirem à nossa felicidade. É possível nos empenhar até certo ponto; não podemos tudo, decerto, mas podemos muito; e adianto, sem receio de engano, que não existe paixão que não seja possível superar quando há a convicção de que ela só pode servir à nossa infelicidade. O que nos desorienta nesse ponto no início de nossa juventude é que somos incapazes de reflexões, praticamente não temos experiência, e imaginamos que recuperaremos o bem que perdemos de tanto persegui-lo; mas a experiência e o conhecimento do coração humano ensinam-nos que, quanto mais corremos atrás, mais ele nos escapa. É uma perspectiva enganosa que desaparece quando acreditamos alcançá-la. O gosto é uma coisa involuntária que não se persuade, que quase nunca se reanima. Qual é vosso objetivo quando cedeis ao gosto que sentis por alguém? Não é ser feliz pelo prazer de amar e ser amado? Seria, portanto, tão ridículo recusar-se a esse prazer pelo receio de uma desventura vindoura que talvez só sentiríeis após ter sido muito feliz, e então haveria compensação, e deveis pensar em curar-vos e não em arrepender-vos, quanto uma pessoa razoável enrubesceria se ela não conservasse sua felicidade nas mãos, e a colocasse inteiramente nas de outro.

O grande segredo para que o amor não vos torne infeliz é tentar jamais proceder mal com vosso amante, jamais mostrar-lhe solicitude quando ele se mostrar mais frio, e sempre ser mais fria que ele; isso não o trará de volta, mas nada o traria; não há nada a fazer senão esquecer alguém que deixa de amar-nos. Se ele vos amar ainda, nada é capaz de reaquecê-lo e devolver o antigo ardor a seu amor a não ser o medo de perder-vos e ser menos amado. Sei que a prática desse segredo é difícil para as almas ternas e verdadeiras; mas caber-lhes-ia praticá-lo, ainda mais porque lhes é bem mais necessário que a outros. Nada degrada tanto quanto as atitudes que se tomam para reconquistar um coração frio ou inconstante: isto nos avilta aos olhos daquele que tentamos conservar e aos olhos dos homens que poderiam pensar em nós; mas, o que é bem pior, isto nos torna infelizes e atormenta-nos em vão. Devemos portanto seguir essa máxima com uma coragem inabalável e jamais ceder quanto a isso a nosso próprio coração; é necessário tentar conhecer o caráter da pessoa a quem nos vinculamos antes de ceder à atração; a razão deve ser acolhida com seus conselhos, não a razão que condena qualquer espécie de compromisso como contrário à felicidade, mas aquela que, concordando com que não se pode ser muito feliz sem amar, quer que só se ame para a felicidade e que se supere uma atração na qual se vê evidentemente que só se colheriam desventuras; mas, quando essa atração foi mais forte, quando prevaleceu sobre a razão como ocorre com muita freqüência, não se deve louvar uma constância que seria tão ridícula quanto deslocada. É o caso de pôr em prática o provérbio *as pequenas loucuras são as melhores*;

são sobretudo as desventuras mais curtas: pois existem loucuras que nos trariam muita felicidade, se durassem a vida toda; não é preciso envergonhar-se do engano; é preciso curar-se, custe o que custar, e sobretudo evitar a presença de um objeto que só pode agitar-vos e vos fazer perder o fruto de vossas reflexões: afinal, entre os homens o coquetismo sobrevive ao amor; eles não querem perder nem sua conquista nem sua vitória, e por mil coquetismos sabem reacender um fogo mal apagado e manter-vos em um estado de incerteza tão ridículo quanto insuportável. É preciso tomar atitudes enérgicas, romper sem volta; é preciso, diz o senhor de Richelieu, descoser a amizade e rasgar o amor; enfim, cabe à razão fazer nossa felicidade: durante a infância, nossos sentidos encarregam-se sozinhos deste cuidado; na juventude, o coração e o espírito começam a imiscuir-se nessa subordinação, que o coração tudo decide; mas, na maturidade, a razão deve participar, cabe a ela nos fazer sentir que é preciso ser feliz, custe o que custar. Cada idade tem os prazeres que lhe são próprios; os da velhice são os mais difíceis de obter; o *jogo* e o *estudo*, se deles ainda formos capazes, a *gulodice*, a *consideração*, são esses os motores da velhice. Tudo isso seguramente são meros consolos. Por sorte, cabe apenas a nós adiantar o termo de nossa vida, quando ele se faz esperar por demais; mas, na medida em que decidimos tolerá-la, temos de empenhar-nos fazendo o prazer penetrar por todas as portas que o introduzem até nossa alma; não temos outros interesses.

Empenhemo-nos portanto em ter boa saúde, em não ter preconceitos, em ter paixões, em fazê-las servir à nossa felicidade, em substituir nossas paixões por gostos, em conservar preciosamente nossas ilusões, em ser virtuosos, em jamais nos arrepender, em afastar de nós as idéias tristes, e em jamais permitir que nosso coração conserve uma faísca de amor por alguém cujo gosto esteja diminuindo e que deixe de nos amar. É preciso abandonar o amor um dia, por menos que se envelheça, e esse dia deve ser aquele em que ele deixa de nos fazer feliz. Por fim, tratemos de cultivar o gosto pelo estudo, esse gosto que faz nossa felicidade só depender de nós mesmos. Evitemos a ambição, e, sobretudo, saibamos bem o que queremos ser; decidamos por qual caminho desejamos enveredar para passar nossa vida, e tratemos de semeá-lo com flores.

Sumário

Prefácio VII
de Elisabeth Badinter

Discurso sobre a felicidade 1

IMPRESSÃO E ACABAMENTO:
YANGRAF Fone/Fax: 6198.1788